王國維　著

人間詞話

廣陵書社
中國·揚州

圖書在版編目（CIP）數據

人間詞話 / 王國維著. -- 揚州 : 廣陵書社,
2019.1
（經典國學讀本）
ISBN 978-7-5554-1192-5

Ⅰ. ①人… Ⅱ. ①王… Ⅲ. ①詞話(文學)－中國－近代 Ⅳ. ①I207.23

中國版本圖書館CIP數據核字(2018)第294042號

書　　名　人間詞話
著　　者　王國維
責任編輯　胡　珍
出 版 人　曾學文
裝幀設計　鴻儒文軒

出版發行　廣陵書社
揚州市維揚路 349 號　郵編：225009
(0514)85228081(總編辦)　85228088(發行部)
http://www.yzglpub.com　E-mail:yzglss@163.com
印　　刷　三河市東華印刷有限公司

開　　本　880 毫米 ×1230 毫米　1/32
印　　張　4.75
字　　數　50 千字
版　　次　2019 年 1 月第 1 版
印　　次　2019 年 1 月第 1 次印刷
書　　號　ISBN 978-7-5554-1192-5
定　　價　35.00 圓

編輯説明

自上世紀九十年代始，我社陸續編輯出版一套綫裝本中華傳統文化普及讀物，名爲《文華叢書》。編者孜孜矻矻，兀兀窮年，歷經二十載，聚爲上百種，集腋成裘，蔚爲可觀。叢書以内容經典、形式古雅、編校精審，深受讀者歡迎，不少品種已不斷重印，常銷常新。

國學經典，百讀不厭，其中藴含的生活情趣、生命哲理、人生智慧，以及家國情懷、歷史經驗、宇宙真諦，令人回味無窮，啓迪至深。爲了方便讀者閱讀國學原典，更廣泛地普及傳統文化，特于《文華叢書》基礎上，重加編輯，推出《經典國學讀本》叢書。

本叢書甄選國學之基本典籍，萃精華于一編。以内容言，所選均爲家喻户曉的經典名著，涵蓋經史子集，包羅詩詞文賦、小品蒙書，琳琅滿目；以篇幅言，每種規模不大，或數種彙于一書，便于誦讀；以形式言，採用傳統版式，字大文簡，讀來令人賞心悦目；以編輯言，力求精擇良善版本，細加校勘，注重精讀原文，偶作簡明小注，或酌配古典版畫，體現編輯的匠心。

當下國學典籍的出版方興未艾，品質參差不齊。希望這套我社經年打造的品牌叢書，能爲讀者朋友閱讀經典提供真正的精善讀本。

廣陵書社編輯部

二〇一七年十二月

出版説明

《人間詞話》，王國維著。王國維字静安，一字伯隅，號觀堂。一八七七年出生於浙江海寧，一九二七年六月自沉於北京頤和園昆明湖。王國維是中國近現代著名學者，在文史研究的多個領域均有卓著的創舉和貢獻，生平著述豐富，後人輯有《海寧王静安先生遺書》。

《人間詞話》是王國維先生融合西方的哲學、美學思想對中國古典文學進行闡發和批評的一部文學理論作品。在這部看似散漫且只有數千字的『詞話』中，王國維以他獨創的『境界説』對中國古典詩詞以及作家與作品的關係、作品與時代的關係、文體的變遷、古人詩詞評論的得失等作了闡幽發微的分析、比較和評價，體現了他自己獨特且具有一定系統性的文藝思想。自問世以來，《人間詞話》受到很高的重視和評價，『境界』一詞更是成爲中國古典詩詞批評的一個標準。

《人間詞話》最初刊載於一九〇八年的《國粹學報》上，分三期登完，共六十四則。後趙萬里先生從《人間詞話》未刊稿中輯出四十八則，名爲《人間詞話删稿》，刊載於一九二七年的《小説月報》上。此後，經陸續出版和考訂，《删稿》部分定爲四十九則。

本書收録《人間詞話》本編六十四則和《人間詞話删稿》四十九則。王國維原文中提及的詩詞和引用的語句，除個别過於冗長的以外，均出注列出原文或説明出處；原稿中個别字句有訛誤和詩詞作者有兩種説法的，也儘量加按語作出説明。另外，根據詩詞的意境和版面的需要，配以適當的插圖，以饗讀者。

廣陵書社

二〇一八年十一月

目録

一

詞以境界爲最上。有境界則自成高格，自有名句。五代北宋之詞所以獨絕者在此。

二

有造境，有寫境，此理想與寫實二派之所由分。然二者頗難分別。因大詩人所造之境，必合乎自然，所寫之境，亦必鄰於理想故也。

三

有有我之境，有無我之境。『泪眼問花花不語，亂紅飛過秋千去。』①『可堪孤館閉春寒，杜鵑聲裏斜陽暮。』②有我之境也。『采菊東籬下，悠然見南山。』③『寒波澹澹起，白鳥悠悠下。』④無我之境也。有我之境，以我觀物，故物皆著我之色彩。無我之境，以物觀物，故不知何者爲我，何者爲物。古人爲詞，寫有我之境者爲多，然未始不能寫無我之境，此在豪杰之士能自樹立耳。

注釋：

①歐陽修【蝶戀花】：「庭院深深深幾許？楊柳堆烟，簾幕無重數。玉勒雕鞍游冶處，樓高不見章臺路。　雨横風狂三月暮，門掩黄昏，無計留春住。泪眼問花花不語，亂紅飛過秋千去。」（按：此詞又見於馮延巳《陽春集》中，詞牌名爲【鵲踏枝】。——編者注。以下均直接用按語注出，不再説明。）

②秦觀【踏莎行】：「霧失樓臺，月迷津渡，桃源望斷無尋處。可堪孤館閉春寒，杜鵑聲裏斜陽暮。　驛寄梅花，魚傳尺素，砌成此恨無重數。郴江幸自繞郴山，爲誰流下瀟湘去！」

③陶潛《飲酒二十首》之五：「結廬在人境，而無車馬喧。問君何能爾，心遠地自偏。采菊東籬下，悠然見南山。山氣日夕佳，飛鳥相與還。此中有真意，欲辨已忘言。」

④元好問《潁亭留别》：「故人重分携，臨流駐歸駕。乾坤展清眺，萬景若相借。北風三日雪，太素秉元化。九山鬱崢嶸，了不受陵跨。寒波澹澹起，白鳥悠悠下。懷歸人自急，物態本閑暇。壺觴負吟嘯，塵土足悲咤。回首亭中人，平林澹如畫。」

四

無我之境，人惟於靜中得之。有我之境，於由動之靜時得之。故一優美，一宏壯也。

五

自然中之物，互相關係，互相限制。然其寫之於文學及美術中也，必遺其關係、限制之處。故雖寫實家，亦理想家也。又雖如何虛構之境，其材料必求之於自然，而其構造，亦必從自然之法則。故雖理想家，亦寫實家也。

六

境非獨謂景物也。喜怒哀樂，亦人心中之一境界。故能寫真景物、真感情者，謂之有境界。否則謂之無境界。

七

『紅杏枝頭春意鬧』①，著一『鬧』字，而境界全出。『雲破月來花弄影』②，著一『弄』字，而境界全出矣。

注釋：

① 宋祁【玉樓春】（春景）：『東城漸覺風光好，縠皺波紋迎客棹。綠楊烟外曉寒輕，紅杏枝頭春意鬧。 浮生長恨歡娛少，肯愛千金輕一笑。爲君持酒勸斜陽，且向花間留晚照。』

② 張先【天仙子】（時爲嘉禾小倅，以病眠，不赴府會。）：『水調數聲持酒聽，午醉醒來愁未醒。送春春去幾時回？臨晚鏡，傷流景，往事後期空記省。 沙上并禽池上暝，雲破月來花弄影。重重簾幕密遮燈，風不定，人初靜，明日落紅應滿徑。』

八

境界有大小，不以是而分優劣。『細雨魚兒出，微風燕子斜』①何遽不若『落日照大旗，馬鳴風蕭蕭』②。『寶簾閑挂小銀鈎』③何遽不若『霧失樓臺，月迷津渡』④也。

注釋：

①杜甫《水檻遣心二首》之一：「去郭軒楹敞，無村眺望賒。澄江平少岸，幽樹晚多花。細雨魚兒出，微風燕子斜。城中十萬户，此地兩三家。」

②杜甫《後出塞五首》之二：「朝進東門營，暮上河陽橋。落日照大旗，馬鳴風蕭蕭。平沙列萬幕，部伍各見招。中天懸明月，令嚴夜寂寥。悲笳數聲動，壯士慘不驕。借問大將誰？恐是霍嫖姚。」

③秦觀【浣溪沙】：「漠漠輕寒上小樓，曉陰無賴似窮秋。澹烟流水畫屏幽。 自在飛花輕似夢，無邊絲雨細如愁。寶簾閑挂小銀鈎。」

④秦觀【踏莎行】見第三則注②。

九

嚴滄浪《詩話》謂：『盛唐諸公（按：《滄浪詩話》中『公』作『人』。），唯在興趣。羚羊挂角，無迹可求。故其妙處，透澈（按：《滄浪詩話》中『澈』作『徹』。）玲瓏，不可湊拍（按：《滄浪詩話》中『拍』作『泊』。）。如空中之音、相中之色、水中之影（按：《滄浪詩話》中『影』作『月』。）、鏡中之象，言有盡而意無窮。』余謂：北宋以前之詞，亦復如是。然滄浪所謂興趣，阮亭所謂神韵，猶不過道其面目，不若鄙人拈出『境界』二字，爲探其本也。

一〇

太白純以氣象勝。『西風殘照，漢家陵闕。』①寥寥八字，遂關千古登臨之口。後世唯范文正之【漁家傲】②、夏英公之【喜遷鶯】③，差足繼武，然氣象已不逮矣。

注釋：

① 李白【憶秦娥】：『簫聲咽，秦娥夢斷秦樓月。秦樓月，年年柳色，灞陵傷別。　樂游原上清秋節，咸陽古道音塵絕。音塵絕，西風殘照，漢家陵闕。』

② 范仲淹【漁家傲】（秋思）：『塞下秋來風景异，衡陽雁去無留意。四面邊聲連角起。千嶂裏，長烟落日孤城閉。　濁酒一杯家萬里，燕然未勒歸無計。羌管悠悠霜滿地。人不寐，將軍白髮征夫泪。』

③ 夏竦【喜遷鶯令】：『霞散綺，月垂鈎，簾捲未央樓。夜凉銀漢截天流，宮闕鎖清秋。瑶臺樹，金莖露，鳳髓香盤烟霧。三千珠翠擁宸游，水殿按《凉州》。』

一一

張皋文謂：飛卿之詞，『深美閎約』①。余謂：此四字唯馮正中足以當之。劉融齋謂：『飛卿精艷（按：劉熙載《藝概》中『艷』作『妙』。）絶人。』②差近之耳。

注釋：

① 參見張惠言《詞選序》。

② 參見劉熙載《藝概·詞曲概》。

一二

『畫屏金鷓鴣』①，飛卿語也，其詞品似之。『弦上黃鶯語』②，端己語也，其詞品亦似之。正中詞品，若欲於其詞句中求之，則『和泪試嚴妝』③，殆近之歟？

注釋：

① 温庭筠【更漏子】：『柳絲長，春雨細，花外漏聲迢遞。驚塞雁，起城烏，畫屏金鷓鴣。香霧薄，透簾幕，惆悵謝家池閣。紅燭背，綉簾垂，夢長君不知。』

② 韋莊【菩薩蠻】：『紅樓別夜堪惆悵，香燈半捲流蘇帳。殘月出門時，美人和泪辭。琵琶金翠羽，弦上黃鶯語。勸我早歸家，緑窗人似花。』

③ 馮延巳【菩薩蠻】：『嬌鬟堆枕釵橫鳳，溶溶春水楊花夢。紅燭泪闌干，翠屏烟浪寒。錦壺催畫箭，玉佩天涯遠。和泪試嚴妝，落梅飛曉霜。』

一三

南唐中主詞：『菡萏香銷翠葉殘，西風愁起綠波間。』① 大有衆芳蕪穢、美人遲暮之感。乃古今獨賞其『細雨夢回鷄塞遠，小樓吹徹玉笙寒』，故知解人正不易得。

注釋：

① 李璟【攤破浣溪沙】：『菡萏香銷翠葉殘，西風愁起綠波間。還與韶光共憔悴，不堪看。細雨夢回鷄塞遠，小樓吹徹玉笙寒。多少淚珠無限恨，倚闌干。』

一四

温飛卿之詞，句秀也。韋端己之詞，骨秀也。李重光之詞，神秀也。

一五

詞至李後主而眼界始大，感慨遂深，遂變伶工之詞而爲士大夫之詞。周介存置諸温、韋之下①，可謂顛倒黑白矣。『自是人生長恨水長東。』②『流水落花春去也，天上人間。』③《金荃》《浣花》，能有此氣象耶？

注釋：

①周濟《介存齋論詞雜著》：『毛嬙、西施，天下美婦人也。嚴妝佳，淡妝亦佳，粗服亂頭，不掩國色。飛卿，嚴妝也；端己，淡妝也；後主則粗服亂頭矣。』

②李煜【烏夜啼】（按：此詞牌名又爲【相見歡】。）：『林花謝了春紅，太匆匆！無奈朝來寒雨晚來風。胭脂泪，留人醉，幾時重？自是人生長恨水長東！』

③李煜【浪淘沙】：『簾外雨潺潺，春意闌珊。羅衾不耐五更寒。夢裏不知身是客，一晌貪歡。獨自莫凭欄，無限江山。别時容易見時難。流水落花春去也，天上人間。』

一六

詞人者，不失其赤子之心者也。故生於深宮之中，長於婦人之手，是後主爲人君所短處，亦即爲詞人所長處。

一七

客觀之詩人，不可不多閱世。閱世愈深，則材料愈豐富、愈變化，《水滸傳》《紅樓夢》之作者是也。主觀之詩人，不必多閱世。閱世愈淺，則性情愈真，李後主是也。

尼采謂：『一切文學，余愛以血書者。』①後主之詞，真所謂以血書者也。宋道君皇帝【燕山亭】②詞亦略似之。然道君不過自道身世之戚，後主則儼有釋迦、基督擔荷人類罪惡之意，其大小固不同矣。

注釋：

① 參見尼采《蘇魯支語録》（梵澄譯）。

② 趙佶【燕山亭】（**北行見杏花**）：『裁翦冰綃，輕疊數重，淡著燕脂勻注。新樣靚妝，艷溢香融，羞殺蕊珠宮女。易得凋零，更多少、無情風雨。愁苦。閑院落淒涼，幾番春暮。　憑寄離恨重重，這雙燕何曾，會人言語。天遥地遠，萬水千山，知他故宮何處？怎不思量？除夢裏、有時曾去。無據。和夢也、新來不做。』

一九

馮正中詞雖不失五代風格，而堂廡特大，開北宋一代風氣。與中、後二主詞皆在《花間》範圍之外，宜《花間集》中不登其隻字也。

二〇

正中詞除【鵲踏枝】【菩薩蠻】十數闋最煊赫外，如【醉花間】之『高樹鵲銜巢，斜月明寒草』①，余謂：韋蘇州之『流螢渡高閣』②、孟襄陽之『疏雨滴梧桐』③不能過也。

注釋：

①馮延巳【醉花間】：『晴雪小園春未到。池邊梅自早。高樹鵲銜巢，斜月明寒草。山川風景好。自古金陵道。少年看却老。相逢莫厭醉金杯，別離多，歡會少。』

②韋應物《寺居獨夜寄崔主簿》：『幽人寂無寐，木葉紛紛落。寒雨暗深更，流螢渡高閣。坐使青燈曉，還傷夏衣薄。寧知歲方晏，離居更蕭索。』

③唐王士源《孟浩然集序》云：『（浩然）嘗閑游秘省，秋月新霽，諸英華賦詩作會。浩然句云：「微雲淡河漢，疏雨滴梧桐。」舉座嗟其清絶，咸閣筆不復爲繼。』

二一

歐九【浣溪沙】詞：『緑楊樓外出秋千。』①晁補之謂：只一『出』字，便後人所不能道。余謂：此本於正中【上行杯】詞『柳外秋千出畫墻』②，但歐語尤工耳。

注釋：

① 歐陽修【浣溪沙】：『堤上游人逐畫船，拍堤春水四垂天。緑楊樓外出秋千。　白髮戴花君莫笑，六么催拍盞頻傳。人生何處似尊前。』

② 馮延巳【上行杯】：『落梅著雨消殘粉，雲重烟輕寒食近。羅幕遮香，柳外秋千出畫墻。　春山顛倒釵橫鳳，飛絮入簾春睡重。夢裏佳期，只許庭花與月知。』

二二

梅聖（按：原稿作『舜』，誤。）俞【蘇幕遮】詞：『落盡梨花春事（按：『事』當作『又』。）了。滿地斜（按：『斜』當作『殘』。）陽，翠色和烟老。』①劉融齋謂：少游一生似專學此種。余謂：馮正中【玉樓春】詞：『芳菲次第長相續，自是情多無處足。尊前百計得春歸，莫爲傷春眉黛促。』②永叔一生似專學此種。

注釋：

①梅堯臣【蘇幕遮】（草）：『露堤平，烟墅杳。亂碧萋萋，雨後江天曉。獨有庾郎年最少。地春袍，嫩色宜相照。　接長亭，迷遠道。堪怨王孫，不記歸期早。落盡梨花春又了。滿地殘陽，翠色和烟老。』

②馮延巳【玉樓春】：『雪雲乍變春雲簇，漸覺年華堪送目。北枝梅蕊犯寒開，南蒲波紋如酒綠。　芳菲次第還相續，不奈情多無處足。尊前百計得春歸，莫爲傷春眉黛蹙。』（按：此詞一說爲歐陽修所作。）

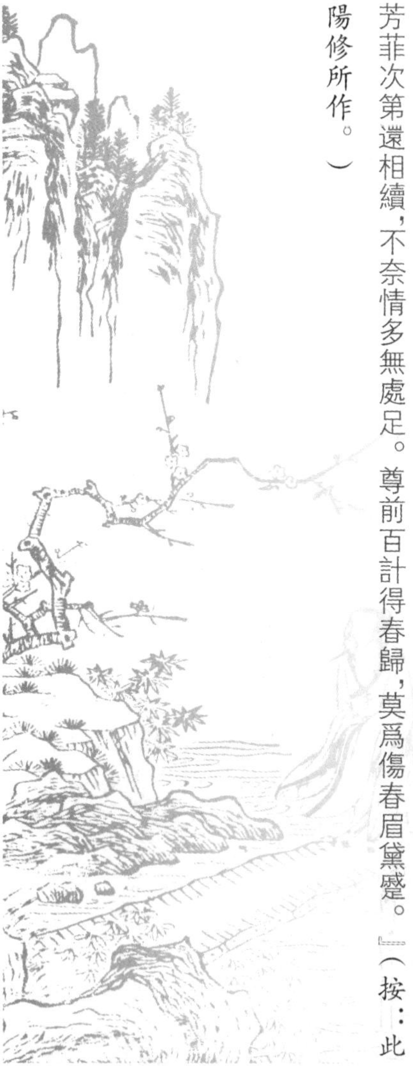

二三

人知和靖【點絳唇】①、聖俞（按：原稿作『舜』，誤。）【蘇幕遮】②、永叔【少年游】③三闋爲咏春草絶調。不知先有正中『細雨濕流光』④五字，皆能攝春草之魂者也。

注釋：

① 林逋【點絳唇】(草)：『金谷年年，亂生春色誰爲主。餘花落處，滿地和烟雨。　又是離愁，一闋長亭暮。王孫去。萋萋無數，南北東西路。』

② 梅堯臣【蘇幕遮】見第二二則注①。

③ 歐陽修【少年游】：『闌干十二獨凭春，晴碧遠連雲。千里萬里，二月三月，行色苦愁人。　謝家池上，江淹浦畔，吟魄與離魂。那堪疏雨滴黄昏，更特地憶王孫。』

④ 馮延巳【南鄉子】：『細雨濕流光，芳草年年與恨長。烟鎖鳳樓無限事，茫茫。鸞鏡鴛衾兩斷腸。　魂夢任悠揚，睡起楊花滿綉床。薄倖不來門半掩，斜陽。負你殘春泪幾行。』

二四

《詩·蒹葭》①一篇，最得風人深致。晏同叔之『昨夜西風凋碧樹。獨上高樓，望盡天涯路』②，意頗近之。但一灑落，一悲壯耳。

注釋：

① 《詩經·秦風·蒹葭》：『蒹葭蒼蒼，白露爲霜。所謂伊人，在水一方。溯洄從之，道阻且長。溯游從之，宛在水中央。蒹葭凄凄，白露未晞。所謂伊人，在水之湄。溯洄從之，道阻且躋。溯游從之，宛在水中坻。蒹葭采采，白露未已。所謂伊人，在水之涘。溯洄從之，道阻且右。溯游從之，宛在水中沚。』

② 晏殊【蝶戀花】：『檻菊愁烟蘭泣露。羅幕輕寒，燕子雙飛去。明月不諳離恨苦，斜光到曉穿朱户。昨夜西風凋碧樹。獨上高樓，望盡大涯路。欲寄彩箋兼尺素，山長水闊知何處。』

二五

『我瞻四方，蹙蹙靡所騁。』①詩人之憂生也。『昨夜西風凋碧樹。獨上高樓，望盡天涯路』②似之。『終日馳車走，不見所問津。』③詩人之憂世也。『百草千花寒食路，香車繫在誰家樹』④似之。

注釋：

① 《詩經·小雅·節南山》：『駕彼四牡，四牡項領。我瞻四方，蹙蹙靡所騁。』

② 晏殊【蝶戀花】見第二四則注②。

③ 陶潛《飲酒二十首》之二十：『羲農去我久，舉世少復真。汲汲魯中叟，彌縫使其淳。鳳鳥雖不至，禮樂暫得新。洙泗輟微響，漂流逮狂秦。詩書復何罪，一朝成灰塵。區區諸老翁，爲事誠殷勤。如何絕世下，六籍無一親！終日馳車走，不見所問津。若復不快飲，空負頭上巾。但恨多謬誤，君當恕醉人。』

④ 馮延巳【鵲踏枝】：『幾日行雲何處去？忘却歸來，不道春將暮。百草千花寒食路，香車繫在誰家樹？泪眼倚樓頻獨語：雙燕來時，陌上相逢否？撩亂春愁如柳絮，悠悠夢裏無尋處。』

二六

古今之成大事業、大學問者，必經過三種之境界：『昨夜西風凋碧樹。獨上高樓，望盡天涯路。』①此第一境也。『衣帶漸寬終不悔，爲伊消得人憔悴。』②此第二境也。『衆裏尋他千百度，回頭驀見（按：此句通作『驀然回首』。），那人正（按：『正』當作『却』。）在，燈火闌珊處。』③此第三境也。此等語皆非大詞人不能道。然遽以此意解釋諸詞，恐爲晏、歐諸公所不許也。

注釋：

① 晏殊【蝶戀花】見第二四則注②。

② 柳永【鳳棲梧】：『佇倚危樓風細細。望極春愁，黯黯生天際。草色烟光殘照裏，無言誰會凭欄意。　擬把疏狂圖一醉。對酒當歌，强樂還無味。衣帶漸寬終不悔，爲伊消得人憔悴。』

③ 辛棄疾【青玉案】（元夕）：『東風夜放花千樹，更吹落、星如雨。寶馬雕車香滿路。鳳簫聲動，玉壺光轉，一夜魚龍舞。　蛾兒雪柳黃金縷，笑語盈盈暗香去。衆裏尋它千百度，驀然回首，那人却在，燈火闌珊處。』

二七

永叔『人間（按：『間』當作『生』。）自是有情痴，此恨不關風與月。』『直須看盡洛城花，始與東（按：『與』當作『共』，『東』當作『春』。）風容易別。』①於豪放之中有沉著之致，所以尤高。

注釋：

① 歐陽修【玉樓春】：『尊前擬把歸期說，未語春容先慘咽。人生自是有情痴，此恨不關風與月。離歌且莫翻新闋，一曲能教腸寸結。直須看盡洛城花，始共春風容易別。』

二八

馮夢華《宋六十一家詞選·序例》謂：『淮海、小山，古之傷心人也。其淡語皆有味，淺語皆有致。』余謂：此唯淮海足以當之。小山矜貴有餘，但可方駕子野、方回，未足抗衡淮海也。

二九

少游詞境最爲凄婉。至『可堪孤館閉春寒，杜鵑聲裏斜陽暮』①則變而凄厲矣。東坡賞其後二語，猶爲皮相。

注釋：

① 秦觀【踏莎行】見第三則注②。

三〇

『風雨如晦，鷄鳴不已。』①『山峻高以蔽日兮，下幽晦以多雨。霰雪紛其無垠兮，雲霏霏而承宇。』②『樹樹皆秋色，山山盡（按：『盡』當作『唯』。）落暉。』③『可堪孤館閉春寒，杜鵑聲裏斜陽暮。』④氣象皆相似。

注釋：

① 《詩經·鄭風·風雨》：『風雨凄凄，鷄鳴喈喈。既見君子，云胡不夷。 風雨瀟瀟，鷄鳴膠膠。既見君子，云胡不瘳。 風雨如晦，鷄鳴不已。既見君子，云胡不喜。』

② 參見《楚辭·九章·涉江》。

③ 王績《野望》：『東皋薄暮望，徙倚欲何依。樹樹皆秋色，山山唯落暉。牧人驅犢返，獵馬帶禽歸。相顧無相識，長歌懷采薇。』

④ 秦觀【踏莎行】見第三則注②。

三一

昭明太子稱：陶淵明詩『跌宕昭彰，獨超衆類。抑揚爽朗，莫之與京』①。王無功稱：薛收賦『韵趣高奇，詞義晦遠。嵯峨蕭瑟，真不可言』②。詞中惜少此二種氣象，前者唯東坡，後者唯白石，略得一二耳。

注釋：

① 參見蕭統《陶淵明集序》。

② 參見王績《答馮子華處士書》。

三二

詞之雅鄭，在神不在貌。永叔、少游雖作艷語，終有品格。方之美成，便有淑女與倡伎之別。

三三

美成深遠之致不及歐、秦。唯言情體物，窮極工巧，故不失爲第一流之作者。但恨創調之才多，創意之才少耳。

三四

詞忌用替代字。美成【解語花】之『桂華流瓦』①，境界極妙。惜以『桂華』二字代『月』耳。夢窗以下，則用代字更多。其所以然者，非意不足，則語不妙也。蓋意足則不暇代，語妙則不必代。此少游之『小樓連苑』『繡轂雕鞍』②所以爲東坡所譏也。

注釋：

① 周邦彥【解語花】（元宵）：『風銷焰蠟，露浥烘爐，花市光相射。桂華流瓦，纖雲散，耿耿素娥欲下。衣裳淡雅，看楚女、纖腰一把。簫鼓喧、人影參差，滿路飄香麝。　因念都城放夜，望千門如晝，嬉笑游冶。鈿車羅帕，相逢處、自有暗塵隨馬。年光是也，唯只見、舊情衰謝。清漏移、飛蓋歸來，從舞休歌罷。』

② 秦觀【水龍吟】：『小樓連苑橫空，下窺綉轂雕鞍驟。朱簾半捲，單衣初試，清明時候。破暖輕風，弄晴微雨，欲無還有。賣花聲過盡，斜陽院落，紅成陣、飛鴛甃。　玉佩丁東別後，悵佳期、參差難又。名繮利鎖，天還知道，和天也瘦。花下重門，柳邊深巷，不堪回首。念多情，但有當時皓月，向人依舊。』

三五

沈伯時《樂府指迷》云：『說桃不可直說桃，須用「紅雨」「劉郎」等字。說柳不可直說破柳，須用「章臺」「灞岸」等字。』若惟恐人不用代字者。果以是爲工，則古今類書具在，又安用詞爲耶？宜其爲《提要》所譏也①。

注釋：

①《四庫全書總目提要·集部·詞曲類二》『樂府指迷』條云：『又謂說桃須用「紅雨」「劉郎」等字，說柳須用「章臺」「灞岸」等字，說書須用「銀鈎」等字，說淚須用「玉箸」等字，說髮須用「綠雲」等字，說簟須用「湘竹」等字，不可直說破。其意欲避鄙俗，而不知轉成塗飾，亦非確論。』

三六

美成【青玉案】（按：此詞牌名當爲【蘇幕遮】。）詞：『葉上初陽乾宿雨。水面清圓，一一風荷舉。』① 此真能得荷之神理者。覺白石【念奴嬌】【惜紅衣】② 二詞猶有隔霧看花之恨。

注釋：

①周邦彥【蘇幕遮】：『燎沉香，消溽暑。鳥雀呼晴，侵曉窺檐語。葉上初陽乾宿雨。水面清圓，一一風荷舉。　故鄉遙，何日去？家住吳門，久作長安旅。五月漁郎相憶否？小楫輕舟，夢入芙蓉浦。』

②姜夔【念奴嬌】：『鬧紅一舸，記來時，嘗與鴛鴦爲侶。三十六陂人未到，水佩風裳無數。翠葉吹涼，玉容銷酒，更灑菰蒲雨。嫣然搖動，冷香飛上詩句。　日暮。青蓋亭亭，情人不見，爭忍凌波去。只恐舞衣寒易落，愁入西風南浦。高柳垂陰，老魚吹浪，留我花間住。田田多少，幾回沙際歸路。』

姜夔【惜紅衣】：『簟枕邀涼，琴書換日，睡餘無力。細灑冰泉，并刀破甘碧。墻頭喚酒，誰問訊、城南詩客？岑寂，高柳晚蟬，說西風消息。　虹梁水陌，魚浪吹香，紅衣半狼藉。維舟試望，故國眇天北。可惜渚邊沙外，不共美人游歷。問甚時同賦，三十六陂秋色？』

三七

東坡【水龍吟】①咏楊花，和韵而似元唱。章質夫詞②，原唱而似和韵。才之不可强也如是！

注釋：

①蘇軾【水龍吟】（次韵章質夫楊花詞）：「似花還似非花，也無人惜從教墜。拋家傍路，思量却是，無情有思。縈損柔腸，困酣嬌眼，欲開還閉。夢隨風萬里，尋郎去處，又還被、鶯呼起。　不恨此花飛盡，恨西園、落紅難綴。曉來雨過，遺踪何在，一池萍碎。春色三分，二分塵土，一分流水。細看來、不是楊花，點點是離人淚。」

②章楶【水龍吟】（楊花）：「燕忙鶯懶芳殘，正堤上、柳花飄墜。輕飛亂舞，點畫青林，全無才思。閑趁游絲，靜臨深院，日長門閉。傍珠簾散漫，垂垂欲下，依前被、風扶起。　蘭帳玉人睡覺，怪春衣、雪沾瓊綴。綉床漸滿，香球無數，纔圓却碎。時見蜂兒，仰黏輕粉，魚吞池水。望章臺路杳，金鞍游蕩，有盈盈淚。」

三八

詠物之詞，自以東坡【水龍吟】爲最工，邦卿【雙雙燕】①次之。白石【暗香】【疏影】②，格調雖高，然無一語道着，視古人『江邊一樹垂垂發』③等句何如耶？

注釋：

① 史達祖【雙雙燕】（詠燕）：『過春社了，度簾幕中間，去年塵冷。差池欲住，試入舊巢相并。還相雕梁藻井，又軟語、商量不定。飄然快拂花梢，翠尾分開紅影。　芳徑，芹泥雨潤，愛貼地爭飛，競誇輕俊。紅樓歸晚，看足柳昏花暝。應自棲香正穩，便忘了、天涯芳信。愁損翠黛雙蛾，日日畫欄獨凭。』

②　姜夔【暗香】（辛亥之冬，予載雪詣石湖。止既月，授簡索句，且徵新聲。作此兩曲，石湖把玩不已，使工妓隸習之，音節諧婉，乃名之曰【暗香】【疏影】。）：『舊時月色，算幾番照我，梅邊吹笛。喚起玉人，不管清寒與攀摘。何遜而今漸老，都忘却、春風詞筆。但怪得、竹外疏花，香冷入瑤席。　江國，正寂寂，嘆寄與路遥，夜雪初積。翠尊易泣，紅萼無言耿相憶。長記曾攜手處，千樹壓、西湖寒碧。又片片、吹盡也，幾時見得？』

姜夔【疏影】：『苔枝綴玉，有翠禽小小，枝上同宿。客裏相逢，籬角黄昏，無言自倚修竹。昭君不慣胡沙遠，但暗憶、江南江北。想佩環、月夜歸來，化作此花幽獨。　猶記深宮舊事，那人正睡裏，飛近蛾緑。莫似春風，不管盈盈，早與安排金屋。還教一片隨波去，又却怨、玉龍哀曲。等恁時、重覓幽香，已入小窗横幅。』

③　杜甫《和裴迪登蜀州東亭送客逢早梅相憶見寄》：『東閣官梅動詩興，還如何遜在揚州。此時對雪遥相憶，送客逢春可自由。幸不折來傷歲暮，若爲看去亂鄉愁。江邊一樹垂垂發，朝夕催人自白頭。』

三九

白石寫景之作，如『二十四橋仍在，波心蕩、冷月無聲』①，『數峰清苦，商略黃昏雨』②，『高樹晚蟬，說西風消息』③，雖格韵高絕，然如霧裏看花，終隔一層。梅溪、夢窗諸家寫景之病，皆在一『隔』字。北宋風流，渡江遂絕。抑真有運會存乎其間耶？

注釋：

①姜夔【揚州慢】（淳熙丙申至日，予過維揚。夜雪初霽，薺麥彌望。入其城，則四顧蕭條，寒水自碧。暮色漸起，戍角悲吟。予懷愴然，感慨今昔，因自度此曲。千岩老人以爲有黍離之悲也。）：『淮左名都，竹西佳處，解鞍少駐初程。過春風十里，盡薺麥青青。自胡馬、窺江去後，廢池喬木，猶厭言兵。漸黄昏、清角吹寒，都在空城。　杜郎俊賞，算而今、重到須驚。縱豆蔻詞工，青樓夢好，難賦深情。二十四橋仍在，波心蕩、冷月無聲。念橋邊紅藥，年年知爲誰生？』

②姜夔【點絳唇】（丁未冬過吴松作）：『燕雁無心，太湖西畔隨雲去。數峰清苦，商略黄昏雨。　第四橋邊，擬共天隨住。今何許？凭欄懷古，殘柳參差舞。』

③姜夔【惜紅衣】見第三六則注②。

四〇

問『隔』與『不隔』之別，曰：陶、謝之詩不隔，延年則稍隔矣。東坡之詩不隔，山谷則稍隔矣。『池塘生春草』①『空梁落燕泥』②等二句，妙處唯在不隔。詞亦如是。即以一人一詞論，如歐陽公【少年游】咏春草上半闋云：『闌干十二獨凭春，晴碧遠連雲。二月三月，千里萬里（按：此二句倒置，應爲『千里萬里，二月三月』。），行色苦愁人。』語語都在目前，便是不隔。至云『謝家池上，江淹浦畔』③，則隔矣。白石【翠樓吟】：『此地。宜有詞仙，擁素雲黃鶴，與君游戲。玉梯凝望久，嘆芳草、萋萋千里。』便是不隔。至『酒祓清愁，花消英氣』④，則隔矣。然南宋詞雖不隔處，比之前人，自有淺深厚薄之別。

注釋：

① 謝靈運《登池上樓》：「潛虯媚幽姿，飛鴻響遠音。薄霄愧雲浮，棲川怍淵沉。進德智所拙，退耕力不任。徇祿反窮海，臥痾對空林。衾枕昧節候，褰開暫窺臨。傾耳聆波瀾，舉目眺嶇嶔。初景革緒風，新陽改故陰。池塘生春草，園柳變鳴禽。祁祁傷豳歌，萋萋感楚吟。索居易永久，離群難處心。持操豈獨古，無悶徵在今。」

② 薛道衡《昔昔鹽》：「垂柳覆金堤，蘼蕪葉復齊。水溢芙蓉沼，花飛桃李蹊。采桑秦氏女，織錦竇家妻。關山別蕩子，風月守空閨。恒斂千金笑，長垂雙玉啼。盤龍隨鏡隱，彩鳳逐帷低。飛魂同夜鵲，倦寢憶晨雞。暗牖懸蛛網，空梁落燕泥。前年過代北，今歲往遼西。一去無消息，那能惜馬蹄。」

③ 歐陽修【少年游】見第二三則注③。

④ 姜夔【翠樓吟】（淳熙丙午冬，武昌安遠樓成，與劉去非諸友落之，度曲見志。予去武昌十年，故人有泊舟鸚鵡洲者，聞小姬歌此詞。問之，頗能道其事。還吳，爲予言之。興懷昔游，且傷今之離索也。）：「月冷龍沙，塵清虎落，今年漢酺初賜。新翻胡部曲，聽氈幕、元戎歌吹。層樓高峙，看檻曲縈紅，檐牙飛翠。人姝麗，粉香吹下，夜寒風細。　此地。宜有詞仙，擁素雲黃鶴，與君游戲。玉梯凝望久，嘆芳草、萋萋千里。天涯情味，仗酒祓清愁，花銷英氣。西山外，晚來還捲，一簾秋霽。」

四一

『生年不滿百，常懷千歲憂。晝短苦夜長，何不秉燭游？』①『服食求神仙，多爲藥所誤。不如飲美酒，被服紈與素。』②寫情如此，方爲不隔。『采菊東籬下，悠然見南山。山氣日夕佳，飛鳥相與還。』③『天似穹廬，籠蓋四野。天蒼蒼，野茫茫，風吹草低見牛羊。』④寫景如此，方爲不隔。

注釋：

①《古詩十九首》之十五：『生年不滿百，常懷千歲憂。晝短苦夜長，何不秉燭游？爲樂當及時，何能待來茲。愚者愛惜費，但爲後世嗤。仙人王子喬，難可與等期。』

②《古詩十九首》之十三：『驅車上東門，遥望郭北墓。白楊何蕭蕭，松柏夾廣路。下有陳死人，杳杳即長暮。潛寐黄泉下，千載永不寤。浩浩陰陽移，年命如朝露。人生忽如寄，壽無金石固。萬歲更相送，聖賢莫能度。服食求神仙，多爲藥所誤。不如飲美酒，被服紈與素。』

③陶潛《飲酒二十首》之五見第三則注③。

④《敕勒歌》：『敕勒川，陰山下。天似穹廬，籠蓋四野。天蒼蒼，野茫茫，風吹草低見牛羊。』

四二

古今詞人格調之高，無如白石。惜不於意境上用力，故覺無言外之味，弦外之響，終不能與於第一流之作者也。

四三

南宋詞人，白石有格而無情，劍南有氣而乏韵。其堪與北宋人頡頏者，唯一幼安耳。近人祖南宋而祧北宋，以南宋之詞可學，北宋不可學也。學南宋者，不祖白石，則祖夢窗，以白石、夢窗可學，幼安不可學也。學幼安者率祖其粗獷、滑稽，以其粗獷、滑稽處可學，佳處不可學也。幼安之佳處，在有性情，有境界。即以氣象論，亦有『橫素波、干青雲』①之概，寧後世齷齪小生所可擬耶？

注釋：

① 蕭統《陶淵明集序》云：『其文章不群……橫素波而傍流，干青雲而直上。』

心也。

四四

東坡之詞曠，稼軒之詞豪。無二人之胸襟而學其詞，猶東施之效捧心也。

四五

讀東坡、稼軒詞，須觀其雅量高致，有伯夷、柳下惠之風。白石雖似蟬蛻塵埃，然終不免局促轅下。

四六

蘇、辛，詞中之狂。白石，猶不失爲狷。若夢窗、梅溪、玉田、草窗、西麓輩，面目不同，同歸於鄉愿而已。

（按：原稿『西』作『中』，誤。據改。）

四七

稼軒《中秋飲酒達旦，用〈天問〉體作【木蘭花慢】以送月》曰：『可憐今夕月，向何處、去悠悠？是別有人間，那邊纔見，光景東頭。』①詞人想像，直悟月輪繞地之理，與科學家密合，可謂神悟。

注釋：

① 辛棄疾【木蘭花慢】（中秋飲酒將旦，客謂前人詩詞有賦待月，無送月者。因用《天問》體賦。）：『可憐今夕月，向何處、去悠悠？是別有人間，那邊纔見，光景東頭。是天外空汗漫，但長風、浩浩送中秋。飛鏡無根誰繫？姮娥不嫁誰留？ 謂經海底問無由，恍惚使人愁。怕萬里長鯨，從橫觸破，玉殿瓊樓。蝦蟆故堪浴水，問云何、玉兔解沉浮？若道都齊無恙，云何漸漸如鉤？』

四八

周介存謂：『梅溪詞中，喜用「偷」字，足以定其品格。』①劉融齋謂：『周旨蕩而史意貪。』②此二語令人解頤。

注釋：

① 參見周濟《介存齋論詞雜著》。

② 劉熙載《藝概·詞曲概》云：『周美成律最精審，史邦卿句最警煉。然未得爲君子之詞者，周旨蕩而史意貪也。』

四九

介存謂：「夢窗詞之佳者，如『水光雲影，搖蕩綠波，撫玩無極，追尋已遠』①。余覽《夢窗甲乙丙丁稿》中，實無足當此者。有之，其『隔江人在雨聲中，晚風菰葉生秋怨』②二語乎？

注釋：

①參見周濟《介存齋論詞雜著》。

②吴文英【踏莎行】：「潤玉籠綃，檀櫻倚扇。綉圈猶帶脂香淺。榴心空疊舞裙紅，艾枝應壓愁鬟亂。午夢千山，窗陰一箭。香瘢新褪紅絲腕。隔江人在雨聲中，晚風菰葉生秋怨。」

五〇

夢窗之詞，吾得取其詞中之一語以評之，曰：『映夢窗凌（按：『凌』當作『零』。）亂碧。』①玉田之詞，余得取其詞中之一語以評之，曰：『玉老田荒。』②

注釋：

①吴文英【秋思】（荷塘爲括蒼名姝求賦其聽雨小閣）：『堆枕香鬟側。驟夜聲，偏稱畫屏秋色。風碎串珠，潤侵歌板，愁壓眉窄。動羅箑清商，寸心低訴叙怨抑。映夢窗零亂碧。待漲綠春深，落花香泛，料有斷紅流處，暗題相憶。歡酌。檐花細滴。送故人、粉黛重飾。漏侵瓊瑟，丁東敲斷，弄晴月白。怕一曲《霓裳》未終，催去驂鳳翼。嘆謝客猶未識。漫瘦却東陽，鐙前無夢到得。路隔重雲雁北。』

②張炎【祝英臺近】（與周草窗話舊）：『水痕深，花信足，寂寞漢南樹。轉首青陰，芳事頓如許。不知多少消魂，夜來風雨。猶夢到、斷紅流處。最無據。長年息影空山，愁入庾郎句。玉老田荒，心事已遲暮。幾回聽得啼鵑，不如歸去。終不似、舊時鸚鵡。』

五一

『明月照積雪』①『大江流日夜』②『中天懸明月』③『黃（按：『黃』當作『長』。）河落日圓』④，此種境界，可謂千古壯觀。求之於詞，唯納蘭容若塞上之作，如【長相思】之『夜深千帳燈』⑤、【如夢令】之『萬帳穹廬人醉，星影搖搖欲墜』⑥差近之。

注釋：

① 謝靈運《歲暮》：『殷憂不能寐，苦此夜難頹。明月照積雪，朔風勁且哀。運往無淹物，年逝覺已催。』

②謝朓《暫使下都夜發新林至京邑贈西府同僚》：「大江流日夜，客心悲未央。徒念關山近，終知反路長。秋河曙耿耿，寒渚夜蒼蒼。引顧見京室，宮雉正相望。金波麗鳷鵲，玉繩低建章。驅車鼎門外，思見昭丘陽。馳暉不可接，何況隔兩鄉。風雲有鳥路，江漢限無梁。常恐鷹隼擊，時菊委嚴霜。寄言罻羅者，寥廓已高翔。」

③杜甫《後出塞五首》之二見第八則注②。

④王維《使至塞上》：「單車欲問邊，屬國過居延。征蓬出漢塞，歸雁入胡天。大漠孤烟直，長河落日圓。蕭關逢候騎，都護在燕然。」

⑤納蘭性德【長相思】：「山一程，水一程。身向榆關那畔行，夜深千帳燈。風一更，雪一更。聒碎鄉心夢不成，故園無此聲。」

⑥納蘭性德【如夢令】：「萬帳穹廬人醉，星影摇摇欲墜。歸夢隔狼河，又被河聲攪碎。還睡，還睡。解道醒來無味。」

五二

納蘭容若以自然之眼觀物，以自然之舌言情。此由初入中原，未染漢人風氣，故能真切如此。北宋以來，一人而已。

五三

陸放翁跋《花間集》，謂：『唐季五代，詩愈卑，而倚聲者輒簡古可愛。能此不能彼，未可（按：『可』當作『易』。）以理推也。』《提要》駁之，謂：『猶能舉七十斤者，舉百斤則蹶，舉五十斤則運掉自如。』①其言甚辨。然謂詞必易於詩，余未敢信。善乎陳卧子之言曰：『宋人不知詩而强作詩，故終宋之世無詩。然其歡愉愁苦（按：『苦』當作『怨』。）之致，動於中而不能抑者，類發於詩餘，故其所造獨工。』②五代詞之所以獨勝，亦以此也。

注釋：

① 參見《四庫全書總目提要·集部·詞曲類一》『花間集』條。

② 參見陳子龍《王介人詩餘序》。

五四

四言敝而有楚辭，楚辭敝而有五言，五言敝而有七言，古詩敝而有律絶，律絶敝而有詞。蓋文體通行既久，染指遂多，自成習套。豪杰之士，亦難於其中自出新意，故遁而作他體，以自解脱。一切文體所以始盛終衰者，皆由於此。故謂文學後不如前，余未敢信。但就一體論，則此説固無以易也。

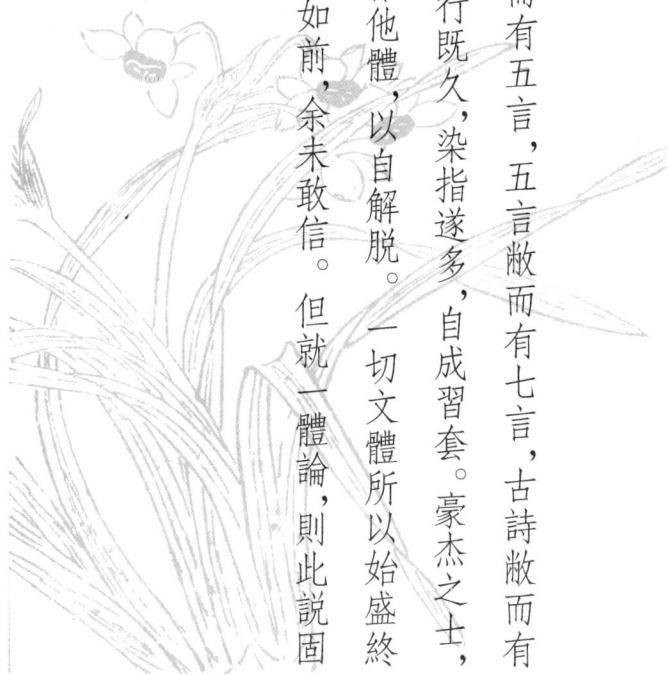

五五

詩之《三百篇》《十九首》，詞之五代、北宋，皆無題也。非無題也，詩詞中之意，不能以題盡之也。自《花庵》《草堂》每調立題，并古人無題之詞亦爲之作題。如觀一幅佳山水，而即曰此某山某河，可乎？詩有題而詩亡，詞有題而詞亡。然中材之士，鮮能知此而自振拔者矣。

五六

大家之作，其言情也必沁人心脾，其寫景也必豁人耳目。其辭脱口而出，無矯揉妝束之態。以其所見者真，所知者深也。詩詞皆然。持此以衡古今之作者，可無大誤矣。

五七

人能於詩詞中不爲美刺投贈之篇，不使隸事之句，不用粉飾之字，則於此道已過半矣。

五八

以《長恨歌》之壯采，而所隸之事，只『小玉』『雙成』①四字，才有餘也。梅村歌行，則非隸事不辦。白、吴優劣，即於此見。不獨作詩爲然，填詞家亦不可不知也。

注釋：

① 白居易《長恨歌》：『金闕西廂叩玉扃，轉教小玉報雙成。』小玉，吴王夫差的女兒；雙成，即董雙成，傳説是西王母的侍女。此處雙成指太真，小玉指侍女。

五九

近體詩體制，以五七言絕句爲最尊，律詩次之，排律最下。蓋此體於寄興言情，兩無所當，殆有韵之駢體文耳。詞中小令如絕句，長調似律詩，若長調之【百字令】【沁園春】等，則近於排律矣。

六〇

詩人對宇宙人生，須入乎其内，又須出乎其外。入乎其内，故能寫之。出乎其外，故能觀之。入乎其内，故有生氣。出乎其外，故有高致。美成能入而不出。白石以降，於此二事皆未夢見。

六一

詩人必有輕視外物之意，故能以奴僕命風月。又必有重視外物之意，故能與花鳥共憂樂。

六二

『昔爲倡家女，今爲蕩子婦。蕩子行不歸，空床難獨守。』①『何不策高足，先據要路津？無爲久貧（按：『久貧』當作『守窮』。）賤，轗軻長苦辛。』②可謂淫鄙之尤。然無視爲淫詞、鄙詞者，以其真也。五代、北宋之大詞人亦然。非無淫詞，讀之者但覺其親切動人。非無鄙詞，但覺其精力彌滿。可知淫詞與鄙詞之病，非淫與鄙之病，而游詞之病也。『豈不爾思，室是遠而。』而子曰：『未之思也，夫何遠之有？』③惡其游也。

注釋：

①《古詩十九首》之二：『青青河畔草，鬱鬱園中柳。盈盈樓上女，皎皎當窗牖。娥娥紅粉妝，纖纖出素手。昔爲倡家女，今爲蕩子婦。蕩子行不歸，空床難獨守。』

②《古詩十九首》之四：『今日良宴會，歡樂難具陳。彈箏奮逸響，新聲妙入神。令德唱高言，識曲聽其真。齊心同所願，含意俱未申。人生寄一世，奄忽若飆塵。何不策高足，先據要路津？無爲守窮賤，轗軻長苦辛。』

③《論語·子罕》：『唐棣之華，偏其反而。豈不爾思，室是遠而。子曰：未之思也，夫何遠之有？』

六三

『枯藤老樹昏鴉。小橋流水平沙（按：『平沙』通行本均作『人家』。）。古道西風瘦馬。夕陽西下。斷腸人在天涯。』此元人馬東籬【天净沙】小令也。寥寥數語，深得唐人絕句妙境。有元一代詞家，皆不能辨此也。

六四

白仁甫《秋夜梧桐雨》劇，沉雄悲壯，爲元曲冠冕。然所作《天籟詞》，粗淺之甚，不足爲稼軒奴隸。豈創者易工，而因者難巧歟？抑人各有能與不能也？讀者觀歐、秦之詩遠不如詞，足透此中消息。

宣統庚戌九月脱稿於京師定武城南寓廬

一

白石之詞，余所最愛者，亦僅二語，曰：『淮南皓月冷千山，冥冥歸去無人管。』①

注釋：

① 姜夔【踏莎行】（自沔東來，丁未元日至金陵，江上感夢而作。）：『燕燕輕盈，鶯鶯嬌軟，分明又向華胥見。夜長争得薄情知，春初早被相思染。 別後書辭，別時針綫，離魂暗逐郎行遠。淮南皓月冷千山，冥冥歸去無人管。』

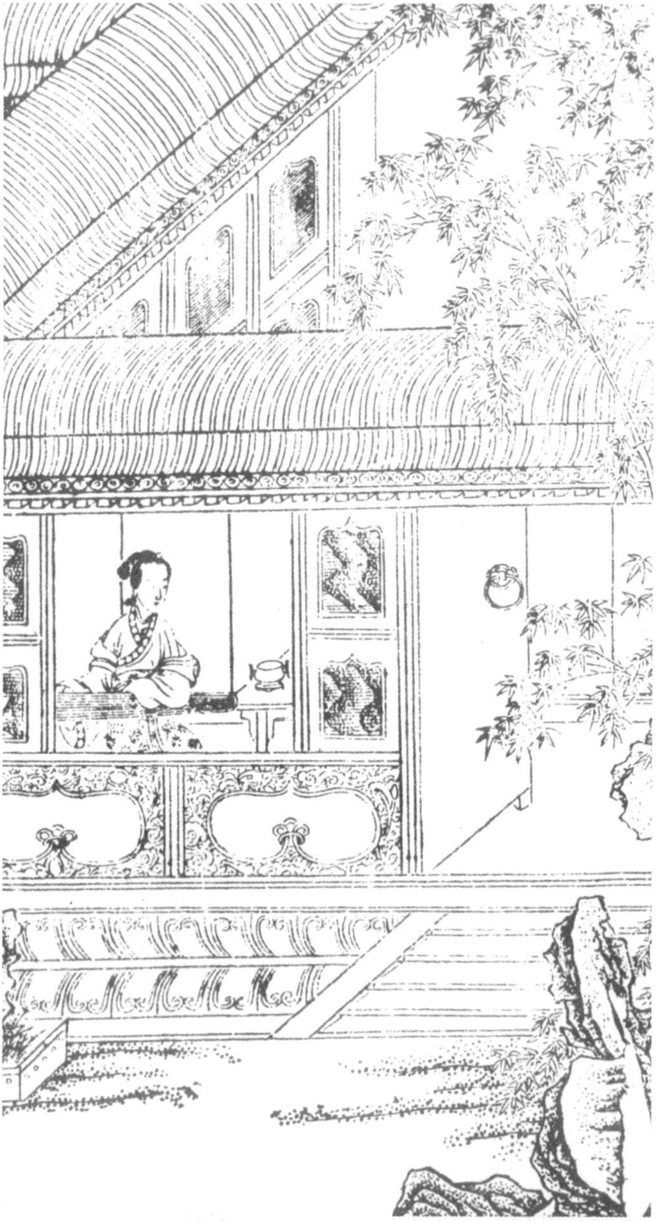

二

雙聲、疊韻之論，盛於六朝，唐人猶多用之。至宋以後，則漸不講，并不知二者爲何物。乾嘉間，吾鄉周松靄先生春著《杜詩雙聲疊韻譜括略》，正千餘年之誤，可謂有功文苑者矣。其言曰：『兩字同母謂之雙聲，兩字同韻謂之疊韻。』余按：用今日各國文法通用之語表之，則兩字同一子音者，謂之雙聲。如《南史·羊元保傳》之『官家恨狹，更廣八分』，『官』『家』『更』『廣』四字，皆從 k 得聲。《洛陽伽藍記》之『獰奴慢駡』，『獰』『奴』兩字，皆從 n 得聲。『慢』『駡』二字，皆從 m 得聲也。兩字同一母音者，謂之叠韵。如梁武帝『後牖有朽柳』，『後』『牖』『有』三字，雙聲而兼叠韵。『有』『朽』『柳』三字，其母音皆爲 u。劉孝綽之『梁皇長康强』，『梁』『長』『强』三字，其母音皆爲 ian 也。自李淑《詩苑》僞造沈約之説，以雙聲、叠韵爲詩中八病之二，後世詩家多廢而不講，亦不復用之於詞。余謂：苟於詞之蕩漾處多用叠韵，促節處用雙聲，則其鏗鏘可誦，必有過於前人者。惜世之專講音律者，尚未悟此也。

三

世人但知雙聲之不拘四聲，不知叠韵亦不拘平、上、去三聲。凡字之同母者，雖平仄有殊，皆叠韵也。

四

詩至唐中葉以後，殆爲羔雁之具矣。故五代、北宋之詩，佳者絶少，而詞則爲其極盛時代。即詩詞兼擅如永叔、少游者，詞勝於詩遠甚。以其寫之於詩者，不若寫之於詞者之真也。至南宋以後，詞亦爲羔雁之具，而詞亦替矣。此亦文學升降之一關鍵也。

五

曾純甫中秋應制，作《壺中天慢》①詞，自注云：『是夜，西興亦聞天樂。』謂宮中樂聲，聞於隔岸也。毛子晉謂：『天神亦不以人廢言。』②近馮夢華復辨其誣。不解『天樂』二字文義，殊笑人也！

注釋：

① 曾覿【壺中天慢】（此進御月詞也。上皇大喜曰：『從來月詞，不曾用「金甌」事，可謂新奇。』賜金束帶、紫番羅、水晶碗。上亦賜寶盞。至一更五點回宮。是夜，西興亦聞天樂焉。）：『素飆漾碧，看天衢穩送，一輪明月。翠水瀛壺人不到，比似世間秋別。玉手瑤笙，一時同色，小按霓裳疊。天津橋上，有人偷記新闋。　當日誰幻銀橋，阿瞞兒戲，一笑成痴絕。肯信群仙高宴處，移下水晶宮闕。雲海塵清，山河影滿，桂冷吹香雪。何勞玉斧，金甌千古無缺。』

② 參見《宋六十名家詞·海野詞》毛晉跋。

味。

六

北宋名家以方回爲最次。其詞如歷下、新城之詩，非不華贍，惜少真味。

七

散文易學而難工，駢文難學而易工。近體詩易學而難工，古體詩難學而易工。小令易學而難工，長調難學而易工。

八

古詩云：『誰能思不歌？誰能飢不食？』①詩詞者，物之不得其平而鳴者也。故歡愉之辭難工，愁苦之言易巧。

注釋：

① 《樂府詩集·子夜歌》：『誰能思不歌？誰能飢不食？日冥當户倚，惆悵底不憶？』

九

社會上之習慣，殺許多之善人。文學上之習慣，殺許多之天才。

一〇

昔人論詩詞，有景語、情語之別。不知一切景語，皆情語也。

一一

詞家多以景寓情。其專作情語而絕妙者，如牛嶠之『甘（按：『甘』當作『須』。）作一生拼，盡君今日歡』[1]，顧敻之『換我心爲你心，始知相憶深』[2]，歐陽修之『衣帶漸寬終不悔，爲伊消得人憔悴』[3]，美成之『許多煩惱，只爲當時，一餉留情』[4]。此等詞求之古今人詞中，曾不多見。

注釋：

① 牛嶠【菩薩蠻】：『玉爐冰簟鴛鴦錦，粉融香汗流山枕。簾外轆轤聲，斂眉含笑驚。柳陰烟漠漠，低鬢蟬釵落。須作一生拚，盡君今日歡。』

② 顧敻【訴衷情】：『永夜抛人何處去？絕來音。香閣掩，眉斂，月將沉。争忍不相尋？怨孤衾。換我心爲你心，始知相憶深。』

③ 柳永【鳳棲梧】見《人間詞話》本編第二六則注②。

④ 周邦彥【慶宮春】：『雲接平岡，山圍寒野，路回漸轉孤城。衰柳啼鴉，驚風驅雁，動人一片秋聲。倦途休駕，澹烟裏，微茫見星。塵埃憔悴，生怕黃昏，離思牽縈。　華堂舊日逢迎。花艷參差，香霧飄零。弦管當頭，偏憐嬌鳳，夜深簧暖笙清。眼波傳意，恨密約、匆匆未成。許多煩惱，只爲當時，一餉留情。』

一二

詞之爲體，要眇宜修。能言詩之所不能言，而不能盡言詩之所能言。詩之境闊，詞之言長。

一三

言氣質，言神韵，不如言境界。有境界，本也。氣質、神韵，末也。有境界而二者隨之矣。

一四

『西（按：『西』當作『秋』。）風吹渭水，落日（按：『日』當作『葉』。）滿長安。』①美成以之入詞，白仁甫以之入曲，此借古人之境界爲我之境界者也。然非自有境界，古人亦不爲我用。

注釋：

① 賈島《憶江上吴處士》：『閩國揚帆去，蟾蜍虧復圓。秋風吹渭水，落葉滿長安。此夜聚會夕，當時雷雨寒。蘭橈殊未返，消息海雲端。』

一五

長調自以周、柳、蘇、辛爲最工。美成【浪淘沙慢】二詞①，精壯頓挫，已開北曲之先聲。若屯田之【八聲甘州】②、東坡之【水調歌頭】③，則佇興之作，格高千古，不能以常調論也。

注釋：

① 周邦彥【浪淘沙慢】：『晝陰重，霜凋岸草，霧隱城堞。南陌脂車待發，東門帳飲乍闋。正拂面、垂楊堪攬結。掩紅淚、玉手親折。念漢浦離鴻去何許，經時信音絶。　情切。望中地遠天闊。向露冷風清，無人處、耿耿寒漏咽。嗟萬事難忘，唯是輕别。翠罇未竭，憑斷雲留取，西樓殘月。　羅帶光銷紋衾疊。連環解、舊香頓歇。怨歌永、瓊壺敲盡缺。恨春去、不與人期，弄夜色，空餘滿地梨花雪。』

又一闋：『萬葉戰，秋聲露結，雁度沙磧。細草和烟尚綠，遥山向晚更碧。見隱隱、雲邊新月白。映落照、簾幕千家。聽數聲、何處倚樓笛？裝點盡秋色。　脉脉。旅情暗自消釋。念珠玉、臨水猶悲感，何况天涯客！憶少年歌酒，當時踪迹。歲華易老，衣帶寬、懊惱心腸終窄。　飛散後、風流人阻。蘭橋約、悵恨路隔。馬蹄過、猶嘶舊巷陌。嘆往事、一一堪傷，曠望極，凝思又把闌干拍。』

②柳永【八聲甘州】：『對瀟瀟暮雨灑江天，一番洗清秋。漸霜風凄慘，關河冷落，殘照當樓。是處紅衰翠減，苒苒物華休。惟有長江水，無語東流。　不忍登高臨遠，望故鄉渺邈，歸思難收。嘆年來踪迹，何事苦淹留。想佳人、妝樓顒望，誤幾回、天際識歸舟。爭知我、倚闌干處，正恁凝愁。』

③蘇軾【水調歌頭】（丙辰中秋，歡飲達旦，大醉，作此篇，兼懷子由。）：『明月幾時有？把酒問青天。不知天上宮闕，今夕是何年？我欲乘風歸去，又恐瓊樓玉宇，高處不勝寒。起舞弄清影，何似在人間。　轉朱閣，低綺户，照無眠。不應有恨，何事長向別時圓？人有悲歡離合，月有陰晴圓缺，此事古難全。但願人長久，千里共嬋娟。』

一六

稼軒【賀新郎】詞《送茂嘉十二弟》①，章法絶妙，且語語有境界，此能品而幾於神者。然非有意爲之，故後人不能學也。

注釋：

① 辛棄疾【賀新郎】（别茂嘉十二弟）：『緑樹聽鵜鴂。更那堪、鷓鴣聲住，杜鵑聲切！啼到春歸無尋處，苦恨芳菲都歇。算未抵、人間離别。馬上琵琶關塞黑，更長門翠輦辭金闕。看燕燕，送歸妾。　將軍百戰身名裂。向河梁、回頭萬里，故人長絶。易水蕭蕭西風冷，滿座衣冠似雪。正壯士、悲歌未徹。啼鳥還知如許恨，料不啼清淚長啼血。誰共我，醉明月！』

一七

稼軒【賀新郎】詞：『柳暗凌波路。送春歸、猛風暴雨，一番新緑。』①又【定風波】詞：『從此酒酣明月夜。耳熱。』②『緑』『熱』二字，皆作上去用。與韓玉《東浦詞》【賀新郎】③以『玉』『曲』叶『注』『女』，【卜算子】④以『夜』『謝』叶『食』⑤『月』，已開北曲四聲通押之祖。

注釋：

① 辛棄疾【賀新郎】：『柳暗凌波路。送春歸、猛風暴雨，一番新緑。千里瀟湘葡萄漲，人解扁舟欲去。又檣燕、留人相語。艇子飛來生塵步，唾花寒、唱我新番句。波似箭，催鳴櫓。 黃陵祠下山無數。聽湘娥、泠泠曲罷，爲誰情苦？行到東吴春已暮，正江闊潮平穩渡。望金雀、觚棱翔舞。前度劉郎今重到，問玄都、千樹花存否？愁爲倩，么弦訴。』

②辛棄疾【定風波】：『金印纍纍佩陸離，河梁更賦斷腸詩。莫擁旌旗真個去，何處？玉堂元自要論思。　且約風流三學士，同醉。春風看試幾槍旗，從此酒酣明月夜，耳熱。那邊應是説儂時。』

③韓玉【賀新郎】（咏水仙）：『綽約人如玉。試新妝、嬌黄半緑，漢宮匀注。倚傍小欄閑凝佇，翠帶風前似舞。記洛浦、當年儔侶。羅襪塵生香冉冉，料征鴻、微步凌波女。驚夢斷，楚江曲。　春工若見應爲主。忍教都、閑亭笛館，冷風凄雨。待把此花都折取，和泪連香寄與。須信道、離情如許。烟水茫茫斜照裏，是騷人、九辨招魂處。千古恨，與誰語？』

④韓玉【卜算子】：『楊柳緑成陰，初過寒食節。門掩金鋪獨自眠，那更逢寒夜。　强起立東風，慘慘梨花謝。何事王孫不早歸？寂寞秋千月。』

⑤按：韓玉【卜算子】一詞『節』『夜』『謝』『月』相押，此處『食』字當爲『節』字之誤。

一八

譚復堂《篋中詞選》謂：『蔣鹿潭《水雲樓詞》與成容若、項蓮生，二百年間，分鼎三足。』然《水雲樓詞》小令頗有境界，長調惟存氣格。《憶雲詞》精實有餘，超逸不足，皆不足與容若比。然視皋文、止庵輩，則倜乎遠矣。

一九

詞家時代之說，盛於國初。竹垞謂：詞至北宋而大，至南宋而深。後此詞人，群奉其說。然其中亦非無具眼者。周保緒曰：『南宋下不犯北宋拙率之病，高不到北宋渾涵之詣。』又曰：『北宋詞多就景敘情，故珠圓玉潤，四照玲瓏。至稼軒、白石，一變而爲即事叙景，使深者反淺，曲者反直。』①潘四農德輿曰：『詞濫觴於唐，暢於五代，而意格之閎深曲摯，則莫盛於北宋。詞之有北宋，猶詩之有盛唐。至南宋則稍衰矣。』②劉融齋熙載曰：『北宋詞用密亦疏，用隱亦亮，用沉亦快，用細亦闊，用精亦渾。南宋只是掉轉過來。』③可知此事自有公論。雖止弇詞頗淺薄，潘、劉尤甚，然其推尊北宋，則與明季雲間諸公，同一卓識也。

注釋：

①參見周濟《介存齋論詞雜著》。

②參見潘德輿《與葉生名灃書》。

③參見劉熙載《藝概·詞曲概》。

二〇

唐、五代、北宋之詞，可謂生香真色。若雲間諸公，則彩花耳。湘真且然，況其次也者乎？

二一

《衍波詞》之佳者，頗似賀方回。雖不及容若，要在浙中諸子（按：原稿『浙中四子』作『錫鬯、其年』。）之上。

三二

近人詞如《復堂詞》之深婉，《彊村詞》之隱秀，皆在半塘老人上。彊村學夢窗而情味較夢窗反勝。蓋有臨川、廬陵之高華，而濟以白石之疏越者。學人之詞，斯爲極則。然古人自然神妙處，尚未見及。

一二三

宋直方（按：『直方』原作『尚木』，誤。宋徵輿字直方，因據改。）【蝶戀花】：『新樣羅衣渾弃却，猶尋舊日春衫著。』①譚復堂【蝶戀花】：『連理枝頭儂與汝，千花百草從渠許。』②可謂寄興深微。

注釋：

① 宋徵輿【蝶戀花】：『寶枕輕風秋夢薄。紅斂雙蛾，顛倒垂金雀。新樣羅衣渾弃却，猶尋舊日春衫著。　偏是斷腸花不落。人苦傷心，鏡裏顏非昨。曾誤當初青女約，只今霜夜思量着。』

② 譚獻【蝶戀花】：『帳裏迷離香似霧。不燼爐灰，酒醒聞餘語。連理枝頭儂與汝，千花百草從渠許。　蓮子青青心獨苦。一唱將離，日日風兼雨。豆蔻香殘楊柳暮，當時人面無尋處。』

二四

《半塘丁稿》中和馮正中《鵲踏枝》十闋①，乃《鶩翁詞》之最精者。『望遠愁多休縱目』等闋，鬱伊惝恍，令人不能爲懷。《定稿》只存六闋，殊爲未允也。

注釋：

①　王鵬運【鵲踏枝】（馮正中【鵲踏枝】十四闋，鬱伊惝恍，義兼比興，蒙耆誦焉。春日端居，依次屬和。就均成詞，無關寄托，而章句尤爲凌雜。憶雲生云：『不爲無益之事，何以遣有涯之生？』三復前言，我懷如揭矣。時光緒丙申三月二十八日。録十。）：『落蕊殘陽紅片片。懊恨比鄰，盡日流鶯轉。似雪楊花吹又散，東風無力將春限。　慵把香羅裁便面。換到輕衫，歡意垂垂淺。襟上泪痕猶隱見，笛聲催按《梁州》遍。』其一。『斜日危闌凝佇久。問訊花枝，可是年時舊？濃睡朝朝如中酒，誰憐夢裏人消瘦。　香閣簾櫳烟閣柳。片霎氤氳，不信尋常有。休遣歌筵回舞袖，好懷珍重春三後。』其二。『譜到陽關聲欲裂。亭短亭長，楊柳那堪折。挑菜湔裙春事歇，帶羅羞指同心結。　千里孤光同皓月。畫角吹殘，風外還嗚咽。有限墜歡爭忍說，傷生第一生離別。』其三。『風蕩春雲羅樣薄。難得輕陰，芳事休閑却。幾日啼鵑花又落，緑箋莫忘深深約。　老去吟情渾寂寞。細雨檐花，空憶燈前酌。隔院玉簫聲乍作，眼前何物供哀樂。』其四。『漫説目成心便許。無據楊花，風裏頻來去。悵望朱樓難寄語，傷春誰念司勛誤？　枉把

游絲牽弱縷。幾片閑雲，迷却相思路。錦帳珠簾歌舞處，舊歡新恨思量否？「其五。」晝日懨懨驚夜短。片霎歡娛，那惜千金換。燕睨鶯顰春不管，敢辭弦索爲君斷。　隱隱輕雷聞隔岸。暮雨朝霞，咫尺迷銀漢。獨對舞衣思舊伴，龍山極目烟塵滿。「其六。」望遠愁多休縱目。步繞珍叢，看笋將成竹。曉露暗垂珠[illegible]，芳林一帶如新浴。　檐外春山森碧玉。夢裏驂鸞，記過清湘曲。自定新弦移雁足，弦聲未抵歸心促。「其七。」誰遣春韶隨水去？醉倒芳尊，望却朝和暮。換盡大堤芳草路，倡條都是相思樹。　蠟燭有心燈解語。泪盡唇焦，此恨消沉否？坐對東風憐弱絮，萍飄後日知何處？「其八。」對酒肯教歡意盡？醉醒懨懨，無那忺春困。錦字雙行箋别恨，泪珠界破殘妝粉。　輕燕受風飛遠近。消息誰傳，盼斷烏衣信。曲几無憀閑自隱，鏡奩心事孤鸞鬢。「其九。」幾見花飛能上樹。難繫流光，枉費垂楊縷。筝雁斜飛排錦柱，只伊不解將春去。　漫詡心情黏地絮。容易飄颺，那不驚風雨。倚遍闌干誰與語？思量有恨無人處。「其十。」

二五

固哉，皋文之爲詞也！飛卿【菩薩蠻】①、永叔【蝶戀花】②、子瞻【卜算子】③，皆興到之作，有何命意？皆被皋文深文羅織。阮亭《花草蒙拾》謂：『坡公命宮磨蝎，生前爲王珪、舒亶輩所苦，身後又硬受此差排。』由今觀之，受差排者，獨一坡公已耶？

注釋：

①温庭筠【菩薩蠻】：『小山重疊金明滅，鬢雲欲度香腮雪。懶起畫蛾眉，弄妝梳洗遲。照花前後鏡，花面交相映。新帖綉羅襦，雙雙金鷓鴣。』

②歐陽修【蝶戀花】，即馮延巳【鵲踏枝】，見《人間詞話》本編第三則注①。

③蘇軾【卜算子】（黃州定慧院寓居作）：『缺月挂疏桐，漏斷人初靜。誰見幽人獨往來，縹緲孤鴻影。驚起却回頭，有恨無人省。揀盡寒枝不肯棲，寂寞沙洲冷。』

二六

賀黃公謂：『姜論史詞，不稱其「軟語商量」，而賞（按：原稿『賞』作『稱』，據《詞筌》改。）其「柳昏花暝」①，固知不免項羽學兵法之恨。』②然『柳昏花暝』自是歐、秦輩句法，前後有畫工、化工之殊。吾從白石，不能附和黃公矣。

注釋：

① 『軟語商量』『柳昏花暝』出自史達祖【雙雙燕】詞，參見《人間詞話》本編第三八則注①。

② 見賀裳《皺水軒詞筌》。

二七

『池塘春草謝家春，萬古千秋五字新。傳語閉門陳正字，可憐無補費精神。』此遺山《論詩絶句》也。夢窗、玉田輩，當不樂聞此語。

二八

朱子《清邃閣論詩》謂：『古人有句，今人詩更無句，只是一直説將去。這般一日作百首也得。』余謂：北宋之詞有句，南宋以後便無句。如玉田、草窗之詞，所謂『一日作百首也得』者也。

二九

朱子謂：『梅聖俞詩，不是平淡，乃是枯槁。』①余謂：草窗、玉田之詞亦然。

注釋：

① 見朱熹《清邃閣論詩》。

三〇

『自憐詩酒瘦，難應接、許多春色。』①『能幾番游？看花又是明年。』②此等語亦算警句耶？乃值如許筆力！

注釋：

①史達祖【喜遷鶯】：『月波疑滴，望玉壺天近，了無塵隔。翠眼圈花，冰絲織練，黃道寶光相直。自憐詩酒瘦，難應接、許多春色。最無賴，是隨香趁燭，曾伴狂客。　蹤迹。謾記憶，老了杜郎，忍聽東風笛。柳院燈疏，梅廳雪在，誰與細傾春碧。舊情拘未定，猶自學、當年游歷。怕萬一，誤玉人夜寒簾隙。』

②張炎【高陽臺】（西湖春感）：『接葉巢鶯，平波卷絮，斷橋斜日歸船。能幾番游？看花又是明年。東風且伴薔薇住，到薔薇、春已堪憐。更凄然，萬綠西泠，一抹荒烟。　當年燕子知何處？但苔深韋曲，草暗斜川。見說新愁，如今也到鷗邊。無心再續笙歌夢，掩重門、淺醉閑眠。莫開簾，怕見飛花，怕聽啼鵑。』

三一

文文山詞，風骨甚高，亦有境界，遠在聖與、叔夏、公謹諸公之上。亦如明初誠意伯詞，非季迪、孟載諸人所敢望也。

三二

和凝【長命女】詞：『天欲曉。宮漏穿花聲繚繞，窗裏星光少。冷霞寒侵帳額，殘月光沉樹杪。夢斷錦闈空悄悄，強起愁眉小。』此詞前半，不減夏英公【喜遷鶯】①也。

注釋：

① 夏竦【喜遷鶯令】見《人間詞話》本編第一〇則注③。

三三

宋《李希聲詩話》曰：『唐（按：《詩話》中『唐』作『古』。）人作詩，正以風調高古爲主。雖意遠語疏，皆爲佳作。後人有切近的當、氣格凡下者，終使人可憎。』[1] 余謂：北宋詞亦不妨疏遠。若梅溪以降，正所謂『切近的當、氣格凡下』者也。

注釋：

① 見魏慶之《詩人玉屑》。

三四

自竹垞痛貶《草堂詩餘》而推《絕妙好詞》，後人群附和之。不知《草堂》雖有褻諢之作，然佳詞恒得十之六七。《絕妙好詞》則除張、范、辛、劉諸家外，十之八九，皆極無聊賴之詞。古人云：小好小慚，大好大慚，洵非虛語。（按：『古人云』以下，原稿改作：『甚矣，人之貴耳賤目也。』）

三五

梅溪、夢窗、玉田、草窗、西麓諸家，詞雖不同，然同失之膚淺。雖時代使然，亦其才分有限也。近人弃周鼎而寶康瓠，實難索解。

三六

余友沈昕伯紘自巴黎寄余【蝶戀花】一闋云：『簾外東風隨燕到。春色東來，循我來時道。一霎圍場生綠草，歸遲却怨春來早。　錦綉一城春水繞。庭院笙歌，行樂多年少。著意來開孤客抱，不知名字閑花鳥。』此詞當在晏氏父子間，南宋人不能道也。

三七

『君王枉把平陳業，換得雷塘數畝田。』①政治家之言也。『長陵亦是閑丘隴，异日誰知與仲多？』②詩人之言也。政治家之眼，域於一人一事。詩人之眼，則通古今而觀之。詞人觀物，須用詩人之眼，不可用政治家之眼。故感事、懷古等作，當與壽詞同爲詞家所禁也。

注釋：

① 羅隱《煬帝陵》：『入郭登橋出郭船，紅樓日日柳年年。君王忍把平陳業，只換雷塘數畝田。』

② 唐彥謙《仲山》（高祖兄仲山隱居之所）：『千載遺踪寄薜蘿，沛中鄉里漢山河。長陵亦是閑丘隴，异日誰知與仲多？』

三八

宋人小説，多不足信。如《雪舟脞語》謂：台州知府唐仲友眷官妓嚴蕊奴，朱晦庵繫治之。及晦庵移去，提刑岳霖行部至台，蕊乞自便。岳問曰：去將安歸？蕊賦【卜算子】詞云：『住也如何住』① 云云。案此詞係仲友戚高宣教作，使蕊歌以侑觴者，見朱子《糾唐仲友奏牘》。則《齊東野語》所紀朱唐公案，恐亦未可信也。

注釋：

① 嚴蕊【卜算子】：『不是愛風塵，似被前身誤。花開花落自有時，總是東君主。　去也終須去，住也如何住。若得山花插滿頭，莫問奴歸處。』

三九

《滄浪》①《鳳兮》②二歌，已開楚辭體格。然楚辭之最工者，推屈原、宋玉，而後此之王褒、劉向之詞不與焉。五古之最工者，實推阮嗣宗、左太冲、郭景純、陶淵明，而前此曹、劉，後此陳子昂、李太白不與焉。詞之最工者，實推後主、正中、永叔、少游、美成，而後此南宋諸公不與焉。（按：最末一句，原稿作：『前此溫、韋，後此姜、吳，皆不與焉。』）

注釋：

① 《孟子·離婁上》：『有《孺子歌》曰：「滄浪之水清兮，可以濯我纓。滄浪之水濁兮，可以濯我足。」』

② 《論語·微子》：『楚狂接輿歌而過孔子，曰：「鳳兮鳳兮，何德之衰？往者不可諫，來者猶可追。已而，已而，今之從政者殆而！」』

四〇

唐五代之詞，有句而無篇。南宋名家之詞，有篇而無句。有篇有句，唯李後主降宋後諸作，及永叔、子瞻、少游、美成、稼軒數人而已。

四一

唐、五代、北宋之詞家，倡優也。南宋後之詞家，俗子也。二者其失相等。但詞人之詞，寧失之倡優，不失之俗子。以俗子之可厭，較倡優爲甚故也。

四二

《蝶戀花》『獨倚危樓』①一闋，見《六一詞》，亦見《樂章集》。余謂：屯田輕薄子，只能道『奶奶蘭心蕙性』②耳。〔原注：此等語固非歐公不能道也。〕

注釋：

① 柳永【蝶戀花】（按：此牌名又爲【鳳棲梧】。）見《人間詞話》本編第二六則注②。

② 柳永《玉女摇仙佩》：「飛瓊伴侣，偶別珠宫，未返神仙行綴。取次梳妝，尋常言語，有得許多姝麗。擬把名花比，恐旁人笑我，談何容易。細思算、奇葩艷卉，惟是深紅淺白而已。争如這多情，占得人間，千嬌百媚。　須信畫堂綉閣，皓月清風，忍把光陰輕弃。自古及今，佳人才子，少得當年雙美。且恁相偎倚，未消得、憐我多才多藝。願奶奶、蘭心蕙性，枕前言下，表余深意。爲盟誓，今生斷不孤鴛被。」

四三

讀《會真記》者，惡張生之薄倖，而恕其奸非。讀《水滸傳》者，恕宋江之橫暴，而責其深險。此人人之所同也。故艷詞可作，唯萬不可作儇薄語。龔定庵詩云：『偶賦凌雲偶倦飛，偶然閑慕遂初衣。偶逢錦瑟佳人問，便説尋春爲汝歸。』①其人之涼薄無行，躍然紙墨間。余輩讀者卿、伯可詞，亦有此感。視永叔、希文小詞何如耶？

注釋：

① 龔自珍《己亥雜詩三百十五首》之一，參見《定庵全集·文集補》。

四四

詞人之忠實，不獨對人事宜然。即對一草一木，亦須有忠實之意，否則所謂游詞也。

四五

讀《花間》《尊前》集，令人回想徐陵《玉臺新咏》。讀《草堂詩餘》，令人回想韋穀《才調集》。讀朱竹垞《詞綜》，張皋文、董子遠（按：『子遠』原作『晉卿』，誤。據改。）《詞選》，令人回想沈德潛《三朝詩別裁集》。

四六

明季國初諸老之論詞，大似袁簡齋之論詩，其失也，纖小而輕薄。竹垞以降之論詞者，大似沈歸愚，其失也，枯槁而庸陋。

四七

東坡之曠在神，白石之曠在貌。白石如王衍口不言阿堵物，而暗中爲營三窟之計，此其所以可鄙也。

四八

『紛吾既有此内美兮，又重之以修能。』①文學之事，於此二者，不能缺一。然詞乃抒情之作，故尤重内美。無内美而但有修能，則白石耳。

注釋：

① 參見屈原《離騷》。

四九

詩人視一切外物，皆游戲之材料也。然其游戲，則以熱心爲之，故詼諧與嚴重二性質，亦不可缺一也。